KB147244

푸른사상 시선 132

단풍 콩잎 가족

푸른사상 시선 132

단풍 콩잎 가족

인쇄 · 2020년 8월 21일 | 발행 · 2020년 8월 28일

지은이 · 이 철
펴낸이 · 한봉숙
펴낸곳 · 푸른사상사

주간 · 맹문재 | 편집 · 지순이, 김수란 | 마케팅 · 김두천
등록 · 1999년 7월 8일 제2－2876호
주소 · 경기도 파주시 회동길 337－16(서패동 470－6) 푸른사상사
대표전화 · 031) 955－9111(2) | 팩시밀리 · 031) 955－9114
이메일 · prun21c@hanmail.net / prunsasang@naver.com
홈페이지 · http://www.prun21c.com

ISBN 979－11－308－1700－2 03810
값 9,000원

이 도서의 국립중앙도서관 출판예정도서목록(CIP)은 서지정보유통지원시스템 홈페이지(http://seoji.nl.go.kr)와 국가자료종합목록 구축시스템(http://kolis-net.nl.go.kr)에서 이용하실 수 있습니다.
(CIP제어번호 : CIP2020034567)

푸른사상 시선
132

으로 몇 번을 살다가 새조개로 생을 마감한 아버지를 [illegible] 산[illegible]
[illegible]나와 나와 어머니와 우리는 그렇게 몇 번을 콩잎 가

단풍 콩잎 가족

이 철 시집

잎 가족으로 살았습니다 이제 곁에는 석판 위 그 하얗게 [illegible] 아버지의 [illegible] 없고 아버지 우와[illegible]
[illegible]종내와 [illegible] 없고 참이라고 개다리소반 [illegible] 곁에 [illegible] 포개진 식은 콩잎 누가 먹으라 [illegible] 없이 [illegible]

| 서시 |

어제는 사랑이 그리워
눈길을 걷다가

눈으로 꽃을 만들고
눈으로 사람을 만들다,
눈사람이 되어
돌아왔다

오늘은 사람이 그리워 시를 쓴다

사람 사는 세상에
사람이 그리워

눈물로 시를 쓰고
눈으로 덮어주었다

2020년 8월
이 철

| 차례 |

■ 서시

제1부 능소화에게 부재를 묻다

제2부 나와 북조선 시인 동무와 대동강 버들개지

제3부 꽃밭에 앉아서

제4부 달팽이

암포셀M으로 [illegible] 빗 변을 [illegible]다가 새조개로 생을 마감한 아버지 시[illegible]

[illegible]레 묻고 형과 누나와 나와 어머니와 우리는 그렇게 못 단을 [illegible]

제1부

능소화에게 부재를 묻다

[illegible] 나와 어머니와 우리는 그렇게 못 단을 콩잎 가족으로 살았습니다 이제 집에는 선반 위 그 하얗게 단단 아버지의 암포젤M도 없고 아버[illegible]

[illegible] 벽 원도 없고 하이라군 [illegible] 시금발 길에 [illegible] 로게신 사은 종일 누가 변석할 것 없이 밥술을 대신 가만히 [illegible] 누이던 단풍

누나가 주고 간 시

112-2119-1212-09 부산은행 이진희
철아 누야다
3만 원만 부치도라
미안타
택배 일 하다 늦게 본 문자
시집 내려면 출판사에 300만 원
함진아비 함지고 가듯 발문에 50만 원
못난 시 시집 보내려고
집사람 몰래 3년간 모아온 돈 250만 원
해병대 출신 자형 만나 아들 둘 낳고
반여2동 새벽별 아래 찬송가를 부르며
하루에 한 바퀴 여리고성을 도는 누나
그 누야한테 멀쩡한 돈 5만 원을 보냈다
시가 좀 모여도
돈 없으면 시한테 미안하고
점심값 아껴가며 돈을 좀 모아놓고도
시가 안 써지는 장마철
누나가 시 한 편 주고 갔다
단돈 5만 원에

단풍 콩잎 가족

암포젤M으로 몇 년을 살다가

제초제로 생을 마감한

아버지를 뒷산 살구나무 아래 묻고

형과 누나와 나와 어머니와

우리는 그렇게 몇 달을

콩잎 가족으로 살았습니다

이제 집에는 선반 위 그 하얗게 달던

아버지의 암포젤M도 없고

아버지 윗도리 속의 세종대왕 백 원도 없고

찬이라곤 개다리소반 식은밥 곁에

돈다발처럼 포개진 삭은 콩잎

누가 먼저랄 것 없이 밥술을 대면

가만히 몸을 누이던

단풍 콩잎 가족

능소화에게 부재를 묻다

나에게도 부재를 알리는
사람 몇 있었으면 좋겠다
자리를 비운 사이
다녀간 고지서와 전화벨 소리
굶어 죽은 아버지의 부재를 지키는
옥탑방 어린아이처럼
네가 없는 네 몸 곁
너를 울고 가는 밤 고양이처럼
내게도 나의 부재를 묻는
그런 사람 있었으면 좋겠다
내가 살던 옛집 앞 능소화가
내 무덤 위에서 자라는 꿈을 꾼다
너의 부재를 알리는 부음이
너의 부재를 노크하는 빗소리가
내가 없는 나의 창가에도 가
닿았으면 좋겠다

달팽이 1

가볍게 밟듯 말씀하신 것 아는데

너무 민감하게 반응해서 미안해요

예전 같으면 아무렇지도 않은 것들이

돌을 던지면 닿을 만큼의 거리에서

비웃고 있네요

정말 괜찮은데

그게 아닌데

가던 길 돌아보게 한 거 같아

그대에게 미안해요

새똥과 된장

바삐 걸어가는 내 머리 위로 새로 산 양복 어깨에
새의 똥을 맞은 경험이 있다
오늘 아침 출근길에 그런 일이 있었다
그 새도 나처럼
어디로 바쁘게 향하는 중이었을 것이다
그것도 질퍽한 물똥이었으니
나만큼 긴장의 연속이었을 것이다
알 리 없는 상사는
결재 서류 뭉치로 내 머리를 내려치며 말했다
새대가리
나는 깃털을 줍듯
땅바닥에 흩어진 서류를 주워 상사의 방을 나왔다
사실 내 머리 정수리 근처에는
손가락 두 마디 길이의 큰 상처가 있다
나는 그때 엄마 무릎에서 젖을 빨고 있었는데
술 취한 아버지가 던진 나무 재떨이에
정통으로 맞은 것이다
놀란 할머니가 장독에서 된장을 한 숟 발라주었다 한다

그래도 오늘은 올해 들어 최고로 일찍 마친 날이다
어깻죽지에 부족한 서류를 끼고서
사람들 틈에서 신호를 기다리는데
서편 하늘로 기러기 가족이 날아간다
모두 일곱이다

옴마가 다녀가셨다

철아, 옴마다
개줄에 자꾸 넘어지가꼬
고마 매느리가 사다 준 개 안 팔았나
서 서방하고 희야 왔다 갔다

철아, 듣고 있나
오늘 장날 아이가
빠마나 할라꼬

철아,
니는 댕기는 회사 단디 잘하고 있제
니 친구 영두 저그 아부지 죽었다
초상칫다
너그 옴마도 인자 울매 안 남았다

뭐라쿠노
시끄러바서 니 소리 잘 안 들린다
우짜든지 단디 해라

알궂제
끈는다이

나는 한마디도 안 했는데
회사 그만둔 지 석 달이 넘었는데
어머니가 편히 다녀가셨다

달팽이 2

밤, 비 내린다
봄비다

부안 적벽 후박나무 아래
나를 살다 간 사람들을 생각한다

저 나무에는 나를 젖도록 살다 간 사람이 있다
저 나무에는 나를 그리도록 살다 간 사람이 있다
저 나무에는 나를 밉도록 살다 간 사람이 있다
저 나무에는 나를 피도록 살다 간 사람이 있다
저 나무에는 나를 고프도록 살다 간 사람이 있다
저 나무에는 나를 죽도록 살다 간 사람이 있다
저 나무에는 나를 닳도록 살다 간 사람이 있다
저 나무에는 나를 아프도록 살다 간 사람이 있다
저 나무에는 나를 울도록 살다 간 사람이 있다
저 나무에는 나를 마르도록 살다 간 사람이 있다
저 나무에는 나를 슬프도록 살다 간 사람이 있다
저 나무에는 나를 사랑하도록 살다 간 사람이 있다

저 나무에는 나를 지도록 살다 간 사람이 있다

봄, 비 내린다

밤비다

부안 적벽 후박나무 열세 그루

완행열차와 어머니

장날 아침 새벽 열차는 찐 옥수수며
푸성귀를 싣고 어머니의 마지막 가을을
나르고 있었습니다 기적을 울리며
간이역에 마음을 푸는 완행열차가
잊을 만하면 찾아들던
한철 아버지의
오래 앓은 기침 소리인지도 모릅니다
기찻길 옆 살구나무 집
함부로 철길을 건너가던 누이는
해마다 봄눈으로 내리고
때늦은 저녁을 기다리며
이슬 젖은 철길을 걷다 보면
노랑제비꽃이 버짐처럼 피던 집
어느새 어머니는 몇 마리
붕어빵을 바구니에 담아
어미 물고기처럼 돌아오곤 하였습니다
문풍지를 긁는 애바람 소리에 꿈은
몇 번이나 뒤바뀌곤 하였지만

그때마다 가만가만 이마를 짚어오는
어머니의 마른 손바닥에는
청색 손금이 푸른 선로처럼
펼쳐져 있었습니다

아버지와 국밥

아버지는 국밥을 좋아했다
장날 아침 툴툴대는 대동 경운기
뜨신 물 한 바가지 부어주면
십 리 밖 장거리로 휑하니 나서는
아버지는 국밥을 좋아했다
딸보 덕구네 어물전 지나
저기 저만치
국밥보다 더 따듯한
국밥집 아줌마를 좋아했다
모닥불에 몸을 녹이듯
국밥 그릇에 손을 대고 있으면
아버지는 어느새
국밥보다 더 따듯한 사람이 되어
내 귀를 만져주었다
이제 나도 아버지의 나이가 되어
한 그릇 국밥이 그리운데
국밥보다 더 따듯한
국밥집 아줌마가 그리운데

세상은 갈수록 찬밥인지라

뜨신 국물 한 그릇 부어주면

어느새 뜨건 국밥이 되는

갈수록 세상은 겨울인지라

아버지는 국밥을 좋아했다

국밥보다

국밥 가득 피어나는

사람들의 입김을 좋아했고

국밥보다 더 따듯한

사람들의 손을 좋아했다

시월은 내가 올 때까지 기다리라고 말하는 달

마지막으로 항복한 인디언 카이오와족은 시월을
내가 올 때까지 기다리라고 말하는 달이라 부른다
구월의 어느 하루를 택하여 떠난 결전 그리하여 시월은
아직 오지 않은 달 시월은
언제나 설레는 달 시월은
내가 올 때까지 기다리라고 말하는 사람이 돌아오는 달
시월은
내가 올 때까지 기다리라고 말하는 사람이 돌아올 때까지
기다리는 달 시월은
이 세상에 없는 달 그리하여 시월은
이 세상에 너무 많은 달

생일

오뉴월 모란꽃 같은 한 잎의 혀가

제 새끼를 핥으며 연신 무슨 말을 하고 있다

스무남은 마리 개 실은 트럭

앞 놈의 똥구멍에 제 코를 박고 가는 녹슨 철망 속에서

어디로든 어서 가주기를 바라는 눈빛 속에서

기어이 새끼를 낳았다

사거리 신호등 앞

잠시 멈춘 트럭이 침을 발라 지폐를 헤아리는

지구라는 별에서

보수동 잠언

내가 차린 회사에서
기간제 근로자로 일하는 나에게
두 번째 IMF가 찾아와
봄비 내리던 날

슬리퍼 신고
보수동 헌책방 골목 걸었다
점원의 된장찌개 냄새 흠흠거리며

시집 한 권 샀다
오규원의 『한 잎의 여자』
2,500원

표지 넘기자
유서 같은 문장 한 줄

—사랑은 쉽다 언제나 어려운 건 사람이다
　나의 淑에게

비에 젖을라

품에 넣고

사십(四十) 계단 뛰었다

아버지와 니기미

아버지는 니기미럴! 입에 달고 살았다
지금의 나보다 다섯 살이 적은 겨울 초입
아침 밥상머리에서 자살할 때까지
아버지는 니기미를 게거품처럼 입에 물고 다녔다
흉년 든 들판 허수아비 바라보며 니기미
언 대동 경운기 대가리에
뜨건 물 한 바가지 부어주며 니기미
그 니기미 한마디에
소 판 돈 떼먹고
서울로 난 친구 놈도 용서하고
손바닥에 퉤 가래침 뱉고
녹슨 조선낫 갈아 쥐고
니기미 니기미 오르던 뒷산
배를 쓸며 암포젤M을
니기미처럼 입가에 묻히고는
아까시 뿌리와 조석으로 싸우던 아버지
죽여도 죽여도 오뉴월
아버지의 아버지 무덤 위에 니기미로 핀

아까시꽃 동산에 기어이

학생광주이공휘종판지묘로 누워 계시다

산세비에리아와 애인

새로 부임한 사장님이 계약직 직원들에게까지

고루 선물한 산세비에리아

한 달에 한 번만 물을 주면 된다는 산세비에리아

산세비에리아 화분에 열두 번 물을 주니

한 해가 갔다

나는 산세비에리아 앞에서

남몰래 항문 조이기를 하며 한 해를 보냈다

내 자리는 괄약근처럼 항상 떨렸다

그사이 애인은 떠났거나

아직 오지 않고

그사이 싹이 나고 잎이 나서

나는 산세비에리아 화분을 안고 집으로 간다

심층 면접

올 들어 벌써 세 번째
필답과 구술에 이력난 이력이
3월 화투장 같은 벚꽃 길 걸어간다
지하도 입구
새점 치는 노인을 만났다
깃털 붉은 새는 새장 속에 태연한데
대머리 노인은 그럴 수 있다는 듯
연신 고개를 조아리며
새처럼 졸고 있었다
안과 밖의 경계가 불분명하다는 듯
분홍 깃털 하나
바람의 행방을 묻고 있었다

[illegible] 안포젤M으로 몇 년을 살다가 새롭게로 생을 마감한 아버지는 [illegible]

[illegible]래 씻고 형과 누나와 나와 어머니와 우리는 그렇게 몇 닮은 [illegible]

제2부

나와 북조선 시인 동무와 대동강 버들개지

나와 어머니와 우리는 그렇게 몇 닮은 성일 가족으로 살았습니다 이제 설에는 서빈 위 그 하얗게 닦던 아버지의 안포젤M는 없고 아버[illegible]

[illegible] 백 원도 없고 [illegible] 게나리소비 [illegible] 술에 [illegible] 포개진 삭은 [illegible] 누나 [illegible] 것 없이 밥술을 대던 가만히 [illegible] 누이와 단장[illegible]

구름 속에는

구름 속에는 쪼그려 앉은 부뚜막 청솔가지 대신 우는 무전댁 있다

구름 속에는 삼팔장 재 넘다 영영 가신 고무신 베신 장수 이금석(李金石) 있다

구름 속에는 툇마루 제비 똥 가족사진 속 이적지 징용 사는 상할배 있다

구름 속에는 어디서 죽었는지 살아서 심은 고모의 볼우물 곁 앵두나무와 그 앵도라는 꽃 있다

돼지국밥과 강아지풀

늦은 퇴근길
혼자
돼지국밥 사 먹고
남은 소주
반 병
손에 들고
별 하나
나 하나
전봇대 열두 개 지나
산복도로
남의 집 가는 길
고개 숙이면
보인다
물 먹은
보도블록 틈새
오일장 가신
엄마 기다리며
혼자

공기받기하는

강

 아

지

   풀

그림일기 1

보물찾기 놀이가 시작되었네
공책 일기장 연필 지우개 간절했네
돌 하나 들출 때 연필심에 침 발라
일기 쓰는 소아마비 누이 보였네
다시 돌 하나 들출 때 쥐 오줌 벽에 풍선껌
붙여두고 잠든 동생 생각났네
찾았다! 찾았다!
내가 들춘 돌 틈에는
색연필도 없고 색종이도 없었네
진땀은 흐르고 저기,
가부좌를 틀고 앉은 큰 돌 하나 보였네
누가 올까 온 힘 다해 잠든 돌 깨웠네
등을 쏘는 헤드라이트 불빛 강렬했네
술 취한 아버지를
한길에 쓰러져 잠든 아버지를
엄마와 둘이서 흔들어 깨웠네
원추리꽃이 노랗게 웃고 있었네
아버지는 어느새 한 마리
구렁이가 되어 날름 내 손을 물었네

북마산 김달곤 씨네 담벼락 아래 잉글랜드 양화

누가 벗어놓고 갔나
북마산 산복도로
김달곤 씨네 담벼락 아래
잉글랜드 양화

누가 버려두고 갔나
평생 믿었던 뒤축은
온데간데없고

받쳐주던 밑창도 거덜 나
후레자식 불알처럼
덜렁거리는데

누가
고운 흙 한 움큼
채워놓고 갔나

돛대 위에 핀
민들레 한 송이

아버지와 뒷간

무엇이 허전한 줄도 모르고
허전할 때가 있다
몇 알 눈 흐린
감나무의 그림자에
내 그림자를 포개며
무엇이 다행인 줄도 모르고
참 다행이라는 생각이 들
때가 있다
한밤 뒷간에 쪼그리고 앉은
아들 쪽으로 몇 번이나
헛기침 주던 아버지같이
마당가 늙은 감나무 가지 아래
뒷짐을 지고서 그렇게
먼 산을 바라보던 아버지같이
오래 서성이고 싶은
때가 있다
툭, 하고 아직 푸른 것이
양철 지붕을 제 몸으로 울 때

우두커니
내려다보는 감나무같이
그 감나무의 젖은 그림자같이
그렇게 오오래 서 있고 싶은
때가 있다

오늘 내가 한 일

아침에는 나를 깨운 새들에게 보리쌀 한 줌으로 인사를 하고

작약꽃 앞에 앉아 숨 고르듯 접어둔 시편을 읽었다

뒷산에 올라 목숨처럼 산나물 몇 줌을 얻고

오는 길에 뱀 한 마리를 만나 풀숲으로 무사히 보내주었다

저녁 아궁이 앞에 쪼그리고 앉아 쓰다 만 시를 고치려다 태웠다

그림일기 2

어머니가 아버지 무덤을 파고 있었다

거들려고 하자

너는 가만히 있으라 했다

관이 보이고 뚜껑을 열자

아버지가 누명처럼

목단 이불을 머리끝까지 덮어쓰고

코를 골고 자고 있었다 어머니는

막내가 장학금을 받아 왔다며

주정꾼 아버지를

한사코 깨우고 있었다

경부선

이쯤에서 진술서를 쓰라고
코스모스가 피었다

나는 서둘러 고향에 가야 한다

배호와 이희승 편저 국어대사전

실직하고 여러 날이다
아내도 아이들도 봄 소풍 가듯
밍키와 바다를 안고 떠났다
나는 오래전 아버지가 사놓은
이희승 편저 국어대사전을
개다리소반 위에 펼쳐 읽는다
군데군데 밥풀처럼 흘린 메모들
희야 생일
요소비료
누가 울어
이런 글자들에는 마음이 붉어졌다
지금의 나보다 두 살 적은 나이에 죽은
아버지가 낫처럼 톱처럼 즐겨 쓰던 말
하염없이 흘러내리던 아버지가
글피에는 온다던 아버지가
저만치
철아
부르는 소리 들릴 듯하다

나와 북조선 시인 동무와 대동강 버들개지

꿈에서 동갑내기 북한 시인을 만났다
우리는 포옹 대신 먹먹하니 수인사를 했다
그는 나보다 백석(白石)을 몰랐다
그는 소월(素月) 동무도 몰랐다
진달래술 몇 모금 주고받으며
남조선 시인 동무들은 왜 그 모양으로 시를 씁네까 역정을 냈다
총살감이라 했다
교화 로동 십 년이라 했다
보여주려고 주머니 속에 넣어둔 시 두 편을 차마 꺼내지 못했다
움찔, 바지 주머니에 찌른 그의 손이 권총으로 보였다
자꾸 내 시를 보자고 했다
읊어보라고 했다
버들개지 소풍 나온 대동강 부벽루에서
남신의주 유동 박시봉방(南新義州 柳洞 朴時逢方)을 나직이 읊었다
우리 북조선 시인 동무는 어느새 등을 보이며
대동강 푸른 물에 눈물을 더하고

뜨개질하는 여자

지하철 3호선에서 뜨개질하는 여자를 만났다
요 며칠 인력사무소 계단에
오도카니 장마에 갇힌
참새처럼 앉았다 오는 나에게
그 풍경은 실로 대단한 수확이었다
나는 그 여자가 내리고 난 이후에 내리고 싶어서
몇 구간을 더 지나치는 동안
여자는 어느새 제 몸으로 수의를 잣는
어미 거미가 되어 있었다
나를 위로하기 위해
애써 몇 정거장을 따라오신 어머니처럼

가시나무새

자신이

세상의 상처라는 것을 몰랐다

더욱이 자신이

세상의 눈물이라는 것을 몰랐다

자신이 괴로웠다

타인의 아픔을 생각하며

세상 모든 슬픔을 노래하며

지상의 가장 낮은 곳에

붉은 피를 쏟고 싶었다

자신의 몸을 찌르고 있었다

자신이

세상의 아픔인 줄도 모른 채

밤마다

자신을 울고 있었다

해바라기와 노루와 슬픈 짐승

많은 시인들이 자화상이라는 제목으로 시를 씁니다

많은 화가들이 자화상이라는 제목으로 그림을 그립니다

자신의 얼굴을 제 스스로 그릴 수 있다니

나는 해바라기를 생각하고

나는 달맞이꽃을 생각했습니다

아침마다 거울을 바라보며 자신의 슬픔을 아는 짐승

목마르지 않아도 제 스스로 우물가를 찾아가는 짐승

나는 노루를 생각했습니다

나는 사슴을 생각했습니다

달팽이 3

가진 것보다 가지지 못한 것을 버리지 못해 토란 잎에 잠을 잔다

가지는 일보다 가지지 못한 것을 버리는 일이 더 어려워 토란 잎에 번개가 친다

가진 자보다 가진 자를 용서하지 못하는 자를 용서하기 위해 토란 잎에 눈이 내린다

잡부 안 씨

잡부 안 씨가 웃고 있다
몸 따로 말 따로인 그가
밥 반 술 반으로
삼십 년을 사는 동안
오늘은 강변 이 편한 세상에서
깔세로 남았다
십장은 집으로 전화해도
아무도 받지 않는다고 했다
시멘트 가루로 화장한
비닐 지갑 속
유서처럼 가족사진이 한 장
처음 웃는 듯
비로소 웃는 듯
아내의 어깨를 짚으며
편안한

잡부 안 씨(安氏)가 죽었다

[illegible] 몇 남은 [illegible] 생을 마감한 아버지를
[illegible] 묻고 형과 누나와 나와 어머니와 우리는 그렇게 몇 남은 [illegible]

제3부

꽃밭에 앉아서

나와 어머니와 우리는 그렇게 몇 닳은 공일 가족으로 살았습니다 이제 집에는 선반 위 그 하얗게 닳던 아버지의 약포셀M도 없고 아비[illegible]
[illegible] 없고 [illegible] 개다리소반 [illegible] 설에 돈다발처럼 포개진 [illegible] 공일 누가 [illegible] 것 없이 [illegible] 대면 가만히 몸을 누이던 [illegible]

꽃밭에 앉아서

꽃들이 선물하고 싶은 꽃은 어떤 꽃일까

갈대밭에서 상한 갈대는 누가 위로해줄까

별들이 눈 맞추고 싶은 별은

나무가 기대고 싶은 나무는

꽃밭을 지나다가

아무도 궁금하지 않은 질문들을 생각하네

트로트 메들리로 도는 여리고성

부산역 광장에서도 그랬고
일반성면 시외버스터미널에서도 그랬다
동백 아가씨 흑산도 아가씨
이미자(李美子) 노래를 메들리로 부르며
함부로 배가 부른
사람들은 저 여자를 미친년이라 했다
모른다 왜
여자의 일생이 미친 저 여자의
부르튼 입술에서 흘러나오는지
한 번도 점심을
점심처럼 먹는 것을 본 적 없는
저 여자의 고픈 가락에
사람들은 박수를 치는지
머리에 동백꽃을 달고
여리고성을 돌듯
돈 길을 되돌리며
도대체 몇 바퀴를 돌아야
봄날은 가는지

사람의 아들

목수(木手)가 나무에 달려 죽었다면 누가 믿겠나

목수가 손에 대못이 박혀 죽었다면 누가 믿겠나

목수를 나무에 매달지는 말자

목수의 손에 대못을 박아 죽이지는 말자

아무리 나쁜 목수라 해도

홀어머니 앞에서

목수를 손에 대못을 박아 나무에 매달지는 말자

서울의 달

1. 정장

아버지는 늘 정장이었다
눈빛도 눈가의 주름도 정장이었다

2. 등록금

나는 아버지가 구겨지는 것을 딱 한 번 본 일이 있다
부면장 집 대문 앞에서 아들의 등록금을 구걸하는
풀죽은 정장을 본 적 있다

3. 달세

24시 사우나에서 자고
동구 밖 미루나무 같은 전봇대에
달세 있음 15
어르신 좀 봐주세요
에누리 없는 15에
삐삐가 운다

4. 무사

철아, 꿈에 니가 보이길래 넣었다

잘 있나

잘 있제

묻고 답하는 어머니

아버지의 기일인 나의 생일날 아침에 쓴 시

노름쟁이 아버지가 주정꾼 아버지가
번개 맞은 듯
정신을 차리는 날이 있었다

깨진 장롱 거울에 눈썹 밀듯
그런 몇 날이 있어
또 한 해가 무사히 지나가곤 하였다

흐르는 냇물에다 혼자 중중거리며
흙 발린 삽날 씻는 날이거나
숫돌에 녹슨 낫 갈며
흙바닥에 뭔가를 끼적거리는 날 저녁에는
어김없이 삽자루 끝에
돼지고기 두어 근 매달고 왔다

어머니는 그런 아버지를
우물가에 엎드려 뻗치고는
이놈의 돼지비계 좀 보래

이놈의 돼지비계 좀 보래

욕새처럼 찬물을 퍼붓곤 하였다

희망이와 신장개업

오늘이 마지막이 벌써 몇 달째
불면과 일수쟁이의 욕지거리에
갈았던 형광등이 나가고
몇 번이나 이 세상에 없던 나를 끌고
찌직찌직 찾아들던 방
아내를 따라가지 않은 희망이가
퀭한 눈의 상주처럼 나를 맞는다
빈손을 내밀자 빼앗기지 않으려고
꼬깃꼬깃 접어둔 지폐처럼
혀를 꺼낸다 핥는다
그래, 그럼 그렇지
희망은 폐업을 모르지
처음엔 완강히 짖어대던
일심(一心) 문신의 일수쟁이도 한 번쯤
다른 보폭으로 찾아올 때
이웃이다 친구다 식구다 폐업이
이렇게 다정한 줄은 몰랐다
희망이가 제 똥을 눈치껏

제 혓바닥으로 핥듯

폐업 일주년이 다가온다

신장개업

우 형 웅 현 주 솔

그러니까 아버지는 지금의 나보다 한 살 적게 죽었다
삼대독자로 태어나 막소주에 소금처럼 싱겁게 자리를 떴다
한 번도 본 적 없는 장인은
기분 좋게 자다가 심장마비로 내 나이보다 여덟 살 적게 죽었다

그러니까 어머니는 마흔두 살에 혼자가 되었고
그러니까 장모님은 서른한 살에 혼자가 되었다

올봄 나보다 세 살 많은 동서가 후두암으로 죽었다
혼자된 처형은 나와 동갑이니 마흔다섯 살이다

마지막 글자만 불러본다
우 형 웅 현 주 솔

박용철

왼발에 왼손으로 걷던 아이였다
혼자 열 길 못둑에서 놀던 아이였다
이유 없이 집을 비우는 일은 아비가 밥 먹듯 하였으나
사람들은 아이의 어미를 집 나간 여자라 불렀다
비 오는 날 동래시장 원조할매숯불곰장어집에서 만났다
이십여 년 전의 나를 퍼뜩 알아보았다
배다른 누이와 함께 어머니를 모시고 산다고 했다
이 동네 집배원으로 있다고 했다
어머니의 안부를 물어 왔다
나의 사는 번지를 물어 왔다
오른발에는 오른손으로 걷던 아이였다
나와 철(喆) 자가 같은 아이였다

박미숙

초등학교 다닐 때
같은 반에 박미숙이 둘 있었다
한자도 같았다
아름다울 미(美) 맑을 숙(淑)
하늘 아래 가장 순정한 이름 같았다

서로 약속하지 않았지만
큰 박미숙
작은 박미숙
우리는 다정하게 불렀다

내가 15년을 다 채우지 못하고
그만둔 파견 회사
그곳에도 박미숙이 둘 있었다

회사에서는 책임 소재를 위해
박미숙62
박미숙120으로 코드화했다

둘 다 도급이었다

달팽이 4

부러진 가지가 안쓰러웠는지 누가 목발을 받쳐놓았다

징검다리 건너면 공단 마을 손때 묻은 목발이었다

겨드랑이에 목도리를 두른 목발이었다

목발 짚고 꽃 피운 벚나무 아래

아무도 함부로 발로 차는 사람은 없는 목발이었다

달팽이 5

당신이 하루에 닿는 길을 나는 평생을 걷습니다

내가 하루 종일 걷는 길을 당신은 몇 걸음에 닿습니다

내게도 기쁨의 길이 있다면 사람의 기쁨만 하겠습니까

누가 무심코 내 몸을 밟고 지나가는 저녁

내게도 슬픔의 길이 있다면 사람의 슬픔만 하겠습니까

길 위에서 달팽이처럼 살지 않고 싶어 오늘도 길을 걷습니다

길 위에서 달팽이처럼 죽지 않고 싶어 오늘도 가던 길을 걸어갑니다

기계 앞에서 기계로 살지 않고 싶은 그대 마음만 하겠습니까

기계 앞에서 기계로 죽지 않고 싶은 그대 마음만 같겠습니까

똥물과 박하사탕

툇마루에서 할매가 똥물을 들이켜고 있었다

파리똥 앉은 상할배 영정 아래

정종같이 맑은 똥물을 넘기고 있었다

똥사발 곁에는 박하사탕이 한 알

똥물과 박하사탕의 관계를 알 리 없는 나는

할매가 단방 똥사발을 들이켤 때

닁큼 박하사탕을 물고 달아났다

달포쯤 지났을까

거짓말같이 할매가 죽었다

형은 나 때문이라고 했다

58년 개띠

58년 개띠는 올해도 58년 개띠다
무궁화호 열차 안에서 철 지난
개쑥처럼 불쑥 손을 내밀듯 58년
개띠는 그렇게 우리 곁을 떠나지 않는다
그렇다는 얘기다 58년 758,202명 개띠는
유신과 어느 해 유월(六月)과 개발 젖은
구두 한 켤레로 혀를 내밀며 깨물며 껑껑
늙어갔다 누가 울어 빰치던 형호 형도
저수지 둑에 앉아 양키가 주고 간
하모니카를 청승으로 불던 명식이 형도
그가 누구든 58년 개띠는 마이클 잭슨과
프린스로 죽어갔다 머지않아 마지막 남은
58년 개띠는 그가 누구이든 마돈나와
나의 파랑새 사쿠라다 준코와 샤론
스톤으로 비로소 사라질 것이다 그렇다는
얘기다 돌이켜보면 모든 일이 뒤죽박죽
생각보다 나쁘진 않았다는, 그렇게만
생각하기로 하는 세모(歲暮)

마포 돼지껍데기 집에서 불쏘시개처럼

불쑥 손을 내미는 그는

올해도 어김없이

달팽이 6

연말 시인 모임에 갔었습니다

가히 물 반 고기 반이었습니다

시상이 있었고 시국 성토가 있었습니다

밥과 술이 오갔고 사이사이 안주처럼

욕새과 삿대와 시비가 있었습니다

그런 중 점잖은 한 분이 중심을 잡고

—시인은 시로써 말하는 겁니다

그러자 닝큼 그 말씀 불태우며

—저런 개새끼, 시인은 삶으로 말하는 거야

나는 여태 저런! 개새끼로 살았습니다

달팽이 7

숲속에서 길을 잃었다는 말은 숲에게 얼마나 미안한 말인가

암포젠M으로 몇 년은 살다가 재혼새로 생을 마감한 아버지를
[illegible]에 묻고 형과 누나와 나와 어머니와 우리는 그렇게 몇 닮은 [illegible]

제4부

달팽이

나와 어머니와 우리는 그렇게 몇 닮은 종일 가족으로 살았습니다 이제 집에는 선반 위 그 하얗게 달린 아버지의 암포젠M도 없고 아비[illegible]
[illegible] 위는 없고 산이[illegible] 새다리소반 시날밤 전에 돈다발처럼 묘해진 삭은 종일 누가 먹겠단 것 없이 [illegible] 대면 가난히 몸을 누이던 단풍

토마토와 별똥별과 정미정

바로 읽어도 그 이름이고
거꾸로 읽어도 같은 이름인
여자 친구가 하나 있었습니다

(1971. 12. 13 ~ 1989. 11. 30)

그 애가 좋아하던 토마토처럼

이 밤
사선을 긋고 사라지는
별똥별처럼

강설기

그 누구의 호명도 없이 눈은 내리는가
아무런 자유도 구속도 없이
몸 위에 몸을 더하며
급한 마음은
이미 하나가 되어 내리거나
젖은 눈물이 되어 스미는가
더 식기 전에 내려 쌓이는 눈은
흔적도 없이 녹아 사라지기 전에
아무런 가식도
아무런 주저도 없이
가슴에 가슴을 더하는가

달팽이 8

약수터에 와서 소나무에 등을 대고 가만히 서 있는 사람을 본다

소나무에 등을 대고 서 있다가 가만히 등을 두드리는 사람을 본다

그믐달 아래 소나무도 말이 없고 사람도 말이 없다

사람은 소나무 아래 편히 잠들 것이다

달팽이 9

인생을 풀처럼 나무처럼 살다 가는 것은 참 어려운 일입니다

인생을 꽃처럼 새처럼 살다 가는 것은 참 힘든 일입니다

그래도 인생을 사람처럼 살다 가고 싶은 사람은 있어

황간면 황간역 무궁화호 상행 열차가 하루에 일곱 번 지나갑니다

당신도 인생을 바람처럼 이슬처럼 살다 가고 싶습니까

당신도 인생을 물처럼 구름처럼 살다 가고 싶습니까

아직도 인생을 사람처럼 살다 가고 싶은 사람은 있어

오늘도 황간면 황간역 무궁화호 하행 열차가 여덟 번 지나갑니다

하루 또 하루

하루를 묻어주려고
해 진 뒷산을 올랐다
이천 오백 오십 오 일의 하루를 묻고
단단히 밟아주었다
하루의 집을 버리고 하루의 끼니를
하루와 같이 묻어주고 내려왔다
이제 하루 없이 살아야 하나
하루 없인 하루도 살 수 없다고
아내와 아이들은 밤을 낮으로 울었다
내가 하루를 대신할 수는 없었다
하루의 하루도 대신할 수가 없었다
다른 하루가 필요했다
후룩후룩 라면을 넘기며
아내와 아이들도 동의하는 눈치였다
동물병원에서 하루를 찾아왔다
사흘 낮 사흘 밤을
물고기 배 속에서 지냈을
하루가 찾아왔다

모국어

우시장으로 소풍 가는 제 새끼를 바라보며
음매– 하는 말은
어미 소가 해줄 수 있는 눈짓의 전부

소장수 트럭에 묶여 주인 쪽으로
음매– 하는 말은
소가 배운 말의 전부

도축장 시멘트 바닥에 무릎을 꿇고
마지막 끼니를 게워내며
음매– 하는 말은

이 세상에 대하여
소가 할 수 있는 몸짓의 전부

이금석(李金石)

돌치기를 하며 놀았다

탱자나무 울에 자주 찔리던 검정 고무신

마을 아버지들은 돼지 목을 따고 쓸개를 삼키고

불알이 덜 여문 우리들은 씩씩대며

오줌보를 차고 놀았다 어느새 달군 부지깽이로

고무신 코에 제 이름을 새기던 입학식 날

2대 노름빚에 우리 집이 일등으로 가난하였으나

50호 동네에서 제일로

손주 발에 베신을 신겼다

구룡마을 7-B지구 부장품

개다리소반 위 간장 종지

숯이 된 귤 한 알

꽃무늬 벽지에 기댄 외목발

고양이 가족과 안성탕면

새끼 고양이 두 마리가 어미 고양이를 따르고 있었다
십수 년 산 이 동네에서 처음 보는 가족이었다
어느 집 지붕 밑에 세 들어 사는지
지아비는 어디로 돈 벌러 갔는지
아무 정보도 알 수 없는 어미 고양이를
별소리 없이 따르고 있었다 그런 다음 날,
전봇대 급구(急求)를 메모하던
나를 보자 어미 고양이가 곧장 따라왔다
별말 없이 따라왔다
모퉁이를 돌면 같이 돌고
뒤돌아보면 저도 새끼들을 돌아보면서 따라왔다
그렇게 어느새 당도한 셋집
하는 수 없어 안성탕면 두 개를 끓여
몇 가락 던져주니 연신
머리를 조아리며 먹고 있다
나에게도 저토록 간절한 눈빛들이 있었다

독거와 행정 복지 센터

할머니, 성함이 어떻게 되세요

203호

아니요, 주민등록상의 이름요

국민연립 203호

달팽이 10

낫 놓고 ㄱ자 할머니가

마른 나뭇가지에 끌려가다 시멘트 길 위에 잠시 쉬고 있다

눈발 날리고 하촌 가는 길

중촌에서 태어나 여적 아랫마을에서 살고 있다고

할아버지 묻힌 언덕바지에서 삭정이 몇 얻어가는 길이라고

나루터와 모래톱이 있는 밤의 암 병동

꿈에 밤에 나루터에 형은
묶인 배의 밧줄을 풀고 있었습니다
밧줄은 머리끝에서 발끝까지
창백한 혈관 같았습니다
형의 몸속에는 안개가 자욱했지만
부러진 1L과 4L이
나뭇잎 화석처럼 또렷했습니다
힐끗 나를 쳐다보면서 애써
한 번 웃어줄 때 강 건너
물놀이하던 갈대들이
훠어이 훠이
종이학 몇 마리를 날려주었습니다
삼겹으로 꼬아놓은 밧줄은 천 리의
천 리와 만 리의 만 리를 헤아리는데
삼겹의 사이로 고향집 돌담에 꽂힌
황달 든 부고장과 검고 붉은
파충류의 허물들과 어느 짐승의
뼛조각이 아교처럼 단단하였습니다

이곳 무진에도 안개가 걷히듯

다 풀면 어딘가로 떠나갈 심산으로

꿈에 밤에 나루터에 형은 어느새

허파 가득 안개 먹은 사람이 되어

허푸허푸

자신을 풀고 있었습니다

달팽이 11

오랜만에 그의 동물원을 찾았습니다
그는 여전히 그 자리에서
단봉낙타로만 연기했습니다
바닥에 배를 깔고
사막의 모래를 백태처럼
눈에 끼고 있었습니다
나를 보자 황새 다리가
복수 찬 배를 싣고 다가왔습니다
우리는 서로에게 할 말이 가득한
연인처럼 말없이 쳐다보았습니다
그가 두고 온 그 어디 쪽으로
그와 함께 바라보았습니다
어느새 석양은 타오르고
날짜를 잘못 짚어 찾아온
무료한 등짐장수처럼
그에게도 부려놓고 싶은
짐이 있었으나
아직 갈 길이 남아 있다는 듯

호각 소리에

발걸음을 옮기고 있었습니다

달팽이 12

코스모스 길을 운구차가 지나갔다

코스모스 길을 어린 소나무를 실은 화물차가 지나갔다

코스모스 길을 아낙을 태운 경운기가 지나갔다

코스모스 길을 여남은 마리 개를 실은 트럭이 지나갔다

코스모스 길을 무사히 지나갔다

40년생 감나무

깨 턴 마당에서 한 통에 오천 원 콩나물 대가리 다듬는 늙은 감나무

어느 해 번개 맞아 속 비우고 올봄 한쪽 수족 마비된 늙은 감나무

까치 소리에 무연히 한길에 선 늙은 감나무

나를 보자 앞니 두 개로 목젖을 내보이는 늙은 감나무

■ 작품 해설

나는 개새끼로소이다[1]

문종필

> "인간이 진리를 언어로 완전히 표현할 능력이 없다는 것, 그것은 인간 본질의 일부이다. 진리로는 완전히 채워지지 않은 말의 공간을 인간은 슬픔으로 가득 채운다.. 그러면 그때 그는 한마디 말을 침묵으로까지 연장시킬 수 있고 말은 그 침묵 속으로 함몰한다."[2]

삶(生)

이철 시인의 첫 시집을 읽은 독자들은 그에게 무슨 말을 할 수 있을까. 그의 솔직한 고백을 여과 없이 듣고 난 후 어떤 말을 꺼내 놓을 수 있을까. 시인의 두터운 손 위에 고운 내 손을 조심스럽게 올려 위로해야 할까. 그의 슬픈 눈을 곰살궂게 쳐다보며 함께 눈

1 이 제목은 아나키스트 박열의 시 제목에서 빌려왔다.

2 막스 피카르트, 「침묵, 말 그리고 진리」, 『침묵의 세계』(3판 4쇄), 최승자 역, 까치, 2014, 38쪽.

물을 떨어뜨려야 할까. "가지지 못한 것을 버리지 못해"(「달팽이 3」) 애쓰는 당신에게, "니기미를 게거품처럼 입에 물고"(「아버지와 니기미」) 다니셨던 아버지를 잊지 못해 시를 부둥켜안고 살아갈 수밖에 없는 당신에게, "장마에 갇힌/참새처럼"(「뜨개질하는 여자」) 인력사무소 계단을 오르고 내리는 일을 반복해야만 했던 힘겨운 당신에게, 우리는 어떤 말을 꺼내놓을 수 있을까. 정말로 쉽지 않다. 그런데 나는 왜 쉽지 않다는 말로 이철 시인의 첫 시집을 명명하고 있는 것일까. 나는 그의 시(詩) 앞에서 왜 이렇게 주저하고 있는 것일까. 비평가의 표준적인 덕목은 명명 행위일진대 이철 시인의 작품을 보고 함부로 이름을 붙이지 못하는 이유는 무엇일까. 개념을 거부하려는 이 시집의 힘은 도대체 어디에서 흘러나오는가.

결론부터 말하자. 이 시집의 힘은 순수한 '삶(生)' 그 자체에서 파생된다고 말이다. 그의 시에는 기교(技巧)와 시선(目)과 상상(想像)이 두드러지지 않는다. 이 세 요소가 부재되어 있는 탓에 일부의 독자들은 단순한 서정시 정도로 치부할 수 있다. 누군가는 그림 속 풍경을 오래도록 쳐다보는 과정 속에서 처음에는 보이지 않았던 새로운 의미를 발견해낼 수 있는 작품이 좋은 텍스트라고 단정하며 이철 시인의 시를 폄하할 수 있다. 당신의 시는 투명한 유리와 같다고 말이다. 그러나 이 잣대가 '모든' 시를 설명해줄 수는 없다. 한 잣대에 의해 '모든' 것이 설명될 수 있다면 이것이야말로 낡고 병든 시선이 아닐까. 같은 사람이 없듯이 시도 동일한 길을 걸어갈 수 없다.

이철 시인의 시에는 든든하고 정직한 '삶'이 버티고 서 있다. 다른 표현으로 말하자면 화려한 형식을 갖추진 못했지만 단단하고 믿음직한 내용 덕분에 형식을 가볍게 잡아먹는다. 여기서 중요한 것은 '가볍게' 잡아먹는다는 것이다. 존재론적인 시와도 거리가 있어서 낡아 보일 수 있지만 '삶'을 쏟아내는 것만으로도 묵직한 주먹이 여러 번 날아온다. 바람을 가르며 매섭게 빨려 들어오는 주먹은 너무나 세서 피하기가 쉽지 않다. 이 강력한 주먹을 얻어맞은 독자들은 무기력하게 다운당할 확률이 높다. 그만큼 이철 시인의 '삶(내용)'은 값지다.

이철 시인의 투박한 고백을 듣고 있으면 시의 '잣대'에 대해 다시 고민하게 된다. 시는 무엇인가. 예술은 무엇인가. 라는 질문을 다시 반복할 수밖에 없다. 읽고 읽기를 반복하다 보면 '잣대'는 어느새 무너지고 그 텅 빈 공간에는 진솔한 이야기만이 남는다. 이 장소에서 우리는 지금, 이곳의 삶을 다시 생각하게 되고 '나'와는 다른 '타자'의 삶을 간접적으로 경험하게 된다. 더욱이 그가 써내려간 이야기는 복제할 수 없는 하나의 굵직한 경험이다. 그는 동일한 감정을 여러 번 반복해 기술적으로 이야기를 만들어내기보다는 살갗에 묻은 여러 감정을 다양한 결로 표현했다. 즉, '머리'로 시를 쓰지 않았다. 무수히 많은 시집이 쏟아지는 작금의 현실 속에서 이 시집이 소중한 이유는 바로 이런 이유 때문이다.

연말 시인 모임에 갔었습니다

가히 물 반 고기 반이었습니다

시상이 있었고 시국 성토가 있었습니다

밥과 술이 오갔고 사이사이 안주처럼

욕새과 삿대와 시비가 있었습니다

그런 중 점잖은 한 분이 중심을 잡고

–시인은 시로써 말하는 겁니다

그러자 냉큼 그 말씀 불태우며

–저런 개새끼, 시인은 삶으로 말하는 거야

나는 여태 저런! 개새끼로 살았습니다

—「달팽이 6」 전문

이철 시인의 시론을 짐작하게 해줄 수 있는 시이다. 여기서 시인은 '시(詩)'를 강조하기보다는 '삶(生)'을 강조한다. 상식적으로 생각해볼 때, 위의 시에서 시를 강조하는 입장은 언어의 훈련과 관련이 있을 것이다. 하지만 이철 시인은 기교보다는 정직한 '삶' 쪽에 보다 큰 의미를 부여한다. 시에서 내용과 형식이 동시에 중요하다는 사실을 그 누구보다도 잘 알고 있는 사람은 바로 시인 자신일 것이다. 하지만 그는 내용을 밀어 올려 형식을 무효화시킨다.

112-2119-1212-09 부산은행 이진희
철아 누야다
3만 원만 부치도라
미안타

택배 일 하다 늦게 본 문자
시집 내려면 출판사에 300만 원
함진아비 함지고 가듯 발문에 50만 원
못난 시 시집 보내려고
집사람 몰래 3년간 모아온 돈 250만 원
해병대 출신 자형 만나 아들 둘 낳고
반여2동 새벽별 아래 찬송가를 부르며
하루에 한 바퀴 여리고성을 도는 누나
그 누야한테 멀쩡한 돈 5만 원을 보냈다
시가 좀 모여도
돈 없으면 시한테 미안하고
점심값 아껴가며 돈을 좀 모아놓고도
시가 안 써지는 장마철
누나가 시 한 편 주고 갔다
단돈 5만 원에

—「누나가 주고 간 시」 전문

해병대 출신 자형을 만나 아들 낳고 반여2동 새벽별 밑에서 찬송가를 부르던 누나는 동생에게 3만 원을 부쳐달라고 문자를 보낸다. 택배 일을 하던 시인은 이 문자를 확인하고 시를 떠올리고 가난을 떠올리고 사랑하는 누이를 떠올린다. 시인이 시집을 내기 위해 돈을 저축한 것으로 봐선 시인도 시인의 누이도 형편이 좋아 보이지 않는다. 중요한 것은 시인의 이러한 경험이 자연스럽게 시로 변모된다는 데 있다. "점심값 아껴가며 돈을 좀 모아놓고도/시가 안 써지는 장마철"엔 답답할 뿐인데, 누나의 짠한 사연은 별 어려움 없이 시가 되어 나에게 돌아온 것이다. "쓰다 만 시를 고치려다"(「오늘 내가 한 일」) 태워버렸던 경험이 많았던 시인에게 갑작스럽게 얻은 이 시는 그래서 더 소중하다. 시인은 시를 얻어서 기쁘다. 누이에게 2만 원을 더 보태 5만 원을 부친다. 이처럼 이철 시인은 '삶' 속에서 시를 투명하게 길어 올린다. 이것이 그의 재주이자 이 시집이 품고 있는 가장 큰 장점이다.

가족

이철 시인의 첫 시집에서 가장 많이 등장하는 소재는 가족이다. 가족 중에서도 아버지와 어머니에 대한 이야기가 상당히 많다. 이 시편들을 읽고 있으면 짠해서 눈물이 나온다. 자연스럽게 내 아버지와 어머니를 떠올리게 해준다. 이상하게도 특별할 것이 없는 그의 목소리이지만, 이 고백을 듣고 있으면 나도 모르게 뺨이 젖는다. 그는 허름한 카페에 홀로 앉아 마이크 없이 묵묵하게 노래를 부르고 있는 것이다. 고음을 잘 부르지는 못하지만, 가성을 쓰는 창법을 유연하게 사용하지는 못하지만 그의 노래는 우리들에게 보다 높은 고음으로, 보다 정갈한 가성으로 다가온다. 아쉽지만 한정된 이 지면에 이철 시인의 아픈 절창[3]을 모두 인용할 수는 없다. 여기서는 두 편만 옮겨놓기로 한다.

---

3 이에 해당되는 작품으로는 「아버지의 기일인 나의 생일날 아침에 쓴 시」 「아버지와 뒷간」 「아버지와 니기미」 「단풍 콩잎 가족」 「고양이 가족과 안성탕면」 「그림일기」 「돼지국밥과 강아지풀」 「완행열차와 어머니」 「배호와 이희승 편저 국어대사전」 「서울의 달」 등이 있다.

철아, 옴마다
개줄에 자꾸 넘어지가꼬
고마 매느리가 사다 준 개 안 팔았나
서 서방하고 희야 왔다 갔다

철아, 듣고 있나
오늘 장날 아이가
빠마나 할라꼬

철아,
니는 댕기는 회사 단디 잘하고 있제
니 친구 영두 저그 아부지 죽었다
초상칫다
너그 옴마도 인자 울매 안 남았다

뭐라쿠노
시끄러바서 니 소리 잘 안 들린다
우짜든지 단디 해라
알긋제
끈는다이

나는 한마디도 안 했는데
회사 그만둔 지 석 달이 넘었는데
어머니가 편히 다녀가셨다

—「옴마가 다녀가셨다」 전문

어머니의 "단디" 하라는 말이 내 귓가에 들리는 듯하다. 끝을 생각하며 아들에게 건네는 어머니의 이 말이 평생토록 잊히지 않을 것 같다. 날것의 목소리는 변색되지 않은 채 독자들에게 그대로 전달된다. 이처럼 시인은 평범한 일상 속에서 일상의 시어를 붙잡아 시를 만든다.

아버지는 국밥을 좋아했다
장날 아침 툴툴대는 대동 경운기
뜨신 물 한 바가지 부어주면
십 리 밖 장거리로 휑하니 나서는
아버지는 국밥을 좋아했다
딸보 덕구네 어물전 지나
저기 저만치
국밥보다 더 따듯한
국밥집 아줌마를 좋아했다
모닥불에 몸을 녹이듯
국밥 그릇에 손을 대고 있으면
아버지는 어느새
국밥보다 더 따듯한 사람이 되어
내 귀를 만져주었다
이제 나도 아버지의 나이가 되어
한 그릇 국밥이 그리운데
국밥보다 더 따듯한
국밥집 아줌마가 그리운데
세상은 갈수록 찬밥인지라
뜨신 국물 한 그릇 부어주면
어느새 뜨건 국밥이 되는

갈수록 세상은 겨울인지라
아버지는 국밥을 좋아했다
국밥보다
국밥 가득 피어나는
사람들의 입김을 좋아했고
국밥보다 더 따듯한
사람들의 손을 좋아했다

—「아버지와 국밥」 전문

화자의 아버지는 노름을 좋아했고 주정꾼이었다. 병을 갖고 계셨고 이 병으로 인해 오래도록 기침을 하셨다. 끝에서는 제초제로 생을 마감하셨다. 슬픈 운명이다. 그래서 시인은 아버지를 마음속에서 보내지 못한다.

시인은 아버지와 떨어질 수 없는 흔적을 주고받았다. 화자의 아버지는 "흙 발린 삽날 씻는 날"이면 "삽자루 끝에/돼지고기 두어 근 매달고"(「아버지의 기일인 나의 생일날 아침에 쓴 시」) 사랑하는 가족의 품으로 향했다. 따뜻한 국밥을 먹을 때면 국밥보다 더 따듯한 사람이 되어 아들의 귓불을 어루만져주었다. 늘 당당했던 아버지였지만 "부면장 집 대문 앞에"(「서울의 달」) 서는 고개를 푹 숙였다. 아들의 등록금을 마련하기 위해서였다. 시인은 아버지의 이러한 모습을 오래도록 떨치지 못한다. 두꺼운 사전에 적힌 "희야 생일/요소비료/누가 울어"(「배호와 이희승 편저 국어대사전」)와 같은 아버지의 메모를 손으로 만질 때면 자연스럽게 목이 메어온다.

코드화(code化)

이철 시인은 시집에 너무나 많은 슬픔을 담아두었다. 하지만 확실히 하고 싶은 것이 있다. 슬픔도 슬픔 나름이라고 말이다. 화자는 눈물을 쥐어짜는 것이 아니라, 눈물 그 자체를 표현한다. 인공적인 눈물이 아니라 실제 '삶'이 그러하다는 것이다. 거짓 없는 삶 자체가 창작의 원동력이 되는데 어떻게 인공적인 것과 비교될 수 있겠는가. 중요한 것은 축적된 슬픔 덕분에 별 어려움 없이 젖은 눈으로 대상을 쳐다보게 된다는 점이다. 이 기운은 부조리한 자본주의 사회를 겨냥하는 태도와 만나 비판적이지만 비판적이지 않은 시를 재생시킨다.

할머니, 성함이 어떻게 되세요

203호

아니요, 주민등록상의 이름요

국민연립 203호

—「독거와 행정 복지 센터」 전문

짧은 이 시는 코드화된 이곳의 풍경을 문제 삼는다. 숫자의 체계는 믿음을 바탕으로 만들어진 세계다. 예를 들어 1+1=2라고 했을 때, 수학은 동일한 대상이 존재한다고 가정한다. '1'과 같은 또 다른 '1'이 존재하기 때문에 '2'라는 추상적인 세계가 탄생한다는 진리이다. 하지만 상식적으로 생각해볼 때, 세상에 같은 것이 존재할까. 너무나 자명한 진리이지만 세상에 같은 것은 없다. 일보 양보하고 같은 물건이 있을지언정 동일한 사람은 없다. 사랑이 아픈 이유가 바로 이 때문이다. 세상 어디를 가도 같은 사람은 찾을 수 없으니 말이다. 더 좋은 사람이 있을 수 있고, 덜 좋은 사람이 있을 수 있지만 같은 사람은 없다. 동일성의 논리는 오로지 수학에서만 가능하다. 수학의 세계관은 복지 제도에도 그대로 반영된다. 할머니는 이름을 잃고 번호로 불린다. "203호", "국민연립 203"로 말이다. 이 목소리가 아프게 다가왔던 것으로 보인다. 그는 있는 힘껏 어두운 우물 속에서 시를 길어 올린다. 시인의 이러한 촉은 어린 시절 동창을 떠올리는 순간에도 작동한다.

초등학교 다닐 때
같은 반에 박미숙이 둘 있었다
한자도 같았다
아름다울 미(美) 맑을 숙(淑)
하늘 아래 가장 순정한 이름 같았다

서로 약속하지 않았지만
큰 박미숙
작은 박미숙
우리는 다정하게 불렀다

내가 15년을 다 채우지 못하고
그만둔 파견 회사

그곳에도 박미숙이 둘 있었다

회사에서는 책임 소재를 위해
박미숙62
박미숙120으로 코드화했다

둘 다 도급이었다

—「박미숙」 전문

하늘 아래 가장 아름다운 이름을 가진 두 사람은 키가 다를 뿐 같은 사람이다. 그래서 화자는 “큰 박미숙”, “작은 박미숙”이라고 부르곤 했다. 이름이 이름으로 불려진 것이다. 그러나 파견 회사에서는 책임 소재를 묻기 위해 미숙이‘들’을 코드화한다. “박미숙62” “박미숙120”으로 말이다. 세상에 같은 사람이 없다는 자명한 진리를 자본주의는 허락하지 않는다. 우리는 “기계 앞에서 기계로 죽지 않고 싶은”(「달팽이 5」) 사람들인데 자본주의는 그것을 인정하지 않는다. 문제적인 것은 코드화되어가고 있는 흐름에 익숙해지는 순간, 우리들은 부조리한 것을 당연한 것으로 받아들인다는 점이다. 실제로 지금, 이곳은 그렇게 흘러가고 있다. 이런 코드화는 인간의 몸을 바짝 조여 숨을 쉴 수 없게 만든다.

달팽이

이철 시인의 첫 시집에서 특이한 것을 하나 더 확인할 수 있다. 그것은 바로 '달팽이'와 관련된 연작시이다. 시인은 무슨 이유로 달팽이 연작시를 쓴 것일까. 이 지점을 생각해보는 것은 독자 입장에서 흥미로운 일이다. 비 오는 날 숲 밖으로 나온 달팽이는 길 위에서 로드킬을 당한다. 빠르게 지나가는 차에 짓이겨진다. 달팽이의 움직임은 너무나 느리고 무기력해서 쓸모없어 보인다. 그런데 이 죽음은 달팽이의 죽음만으로 환원되지 않는다. 아무리 걷고 걸어도 특정한 시스템에 적응하지 못하는 화자의 모습으로도 비유된다. 시인이 "인생을 사람처럼 살다 가고 싶은 사람은 있어"(「달팽이 9」)라고 말했을 때, 여기서 사람은 말 그대로 '사람' 그 자체이다. 코드화된 사람이 아니라 고유한 이름을 갖고 있는 '인간'의 모습이다. 그러나 이것이 쉽지 않다. 사는 것 자체가 만만치 않다. 자본을 중요시하는 사회에서는 코드만이 우선시된다. 이 시스템도 문제이지만 이 메커니즘에 종속된 구성원들도 무의식적으로 오염된다는 데 더 큰 문제가 있다. 그래서 누군가 시집을 선물하기 위해 적어놓은 "사랑은 쉽다 언제나 어려운 건 사람이다 / 나의 淑에게"라는 문구에 시인은 깊게 공감했는지 모른다. 이처럼 달팽이와 관련된 연작시는 대부분 '산다는 것'이 무엇인지 묻게 만든다.

> 코스모스 길을 운구차가 지나갔다
>
> 코스모스 길을 어린 소나무를 실은 화물차가 지나갔다
>
> 코스모스 길을 아낙을 태운 경운기가 지나갔다

코스모스 길을 여남은 마리 개를 실은 트럭이 지나갔다

코스모스 길을 무사히 지나갔다

—「달팽이 12」 전문

코스모스 길을 운구차가, 어린 소나무가, 아낙을 태운 경운기가, 여남은 마리 개를 실은 트럭이, 지나간다. 여기서 운구차가 지나가는 장면은 인간의 끝을 연상하게 해준다. 어린 소나무를 실은 화물차가 지나가는 모습은 쓸쓸한 생명의 이동을 상상하게 한다. 아낙을 태운 경운기가 지나가는 장면은 애잔한 노동의 이미지를 떠올리게 해주고 여남은 마리 개를 실은 트럭이 지나가는 장면은 이곳과 저곳으로 옮겨 다닐 수밖에 없는 유동적인 쓸쓸함을 선사한다. 결국 마지막 연에서 화자는 "코스모스 길을 무사히 지나갔다"라고 말하게 되는데, 이 지점에서 '무사히'에 방점이 찍힌다. 결국, 코스모스 길을 통과한다는 것은 죽음과 삶과 쓸쓸함을 견뎌야 하는 우리의 여정인 것이다.

부러진 가지가 안쓰러웠는지 누가 목발을 받쳐놓았다

징검다리 건너면 공단 마을 손때 묻은 목발이었다

겨드랑이에 목도리를 두른 목발이었다

목발 짚고 꽃 피운 벚나무 아래

아무도 함부로 발로 차는 사람은 없는 목발이었다

—「달팽이 4」 전문

새끼 고양이 두 마리가 어미 고양이를 따르고 있었다
십수 년 산 이 동네에서 처음 보는 가족이었다
어느 집 지붕 밑에 세 들어 사는지
지아비는 어디로 돈 벌러 갔는지
아무 정보도 알 수 없는 어미 고양이를
별소리 없이 따르고 있었다 그런 다음 날,
전봇대 급구(急求)를 메모하던
나를 보자 어미 고양이가 곧장 따라왔다
별말 없이 따라왔다
모퉁이를 돌면 같이 돌고
뒤돌아보면 저도 새끼들을 돌아보면서 따라왔다
그렇게 어느새 당도한 셋집
하는 수 없어 안성탕면 두 개를 끓여
몇 가락 던져주니 연신
머리를 조아리며 먹고 있다
나에게도 저토록 간절한 눈빛들이 있었다

—「고양이 가족과 안성탕면」 전문

이철 시인의 첫 시집은 짠한 슬픔을 전제하고 있어서 어떤 방식이든지 끈적끈적한 것이 묻어 나온다. 하지만 위의 두 편의 시는 짠하지만 따뜻해서 오래도록 곁에 두고 싶다. 주머니에 살포시 숨겨서 사랑하는 당신에게 건네주고 싶다.

'삶'으로 무장한 이철 시인의 첫 번째 시집은 투박해서 더 빛나는 시집이다. 당신의 삶과 당신의 정직과 당신의 우직함과 당신의 거짓 없는 삶이 우리 문단에 큰 주목을 받지 못하더라도 이 시집을 처음부터 끝까지 읽어본 독자라면 당신을 신뢰할 수밖에 없을 것 같다. 나는 이철 시인을 믿는다. 사람이 좋으면 시도 좋다. 여기서 좋다는 말은 '도덕적'인 맥락과는 아무런 관련이 없다. 말 그대로 좋은 사람을 의미한다. 그는 이것을 몸으로 증명해냈다. 따라서 이 시집은 소중하다.

文鍾弼 | 문학평론가

푸른사상 시선

71 **여기 아닌 곳** | 조항록
72 **고래는 왜 강에서 죽었을까** | 제리안
73 **한생을 톡 토독** | 공혜경
74 **고갯길의 신화** | 김종상
75 **고개 숙인 모든 것** | 박노식
76 **너를 놓치다** | 정일관
77 **눈 뜨는 달력** | 김 선
78 **거꾸로 서서 생각합니다** | 송정섭
79 **시절을 털다** | 김금희
80 **발에 차이는 돌도 경전이다** | 김윤현
81 **성규의 집** | 정진남
82 **번함 공원에서 점을 보다** | 정선호
83 **내일은 무지개** | 김광렬
84 **빗방울 화석** | 원종태
85 **동백꽃 편지** | 김종숙
86 **달의 알리바이** | 김춘남
87 **사랑할 게 딱 하나만 있어라** | 김형미
88 **건너가는 시간** | 김황흠
89 **호박꽃 엄마** | 유순예
90 **아버지의 귀** | 박원희
91 **금왕을 찾아가며** | 전병호
92 **그대도 내겐 바람이다** | 임미리
93 **불가능을 검색한다** | 이인호
94 **너를 사랑하는 힘** | 안효희
95 **늦게나마 고마웠습니다** | 이은래
96 **버릴까** | 홍성운
97 **사막의 사랑** | 강계순
98 **베트남, 내가 두고 온 나라** | 김태수
99 **다시 첫사랑을 노래하다** | 신동원
100 **즐거운 광장** | 백무산 · 맹문재 엮음
101 **피어라 모든 시냥** | 김자흔
102 **염소와 꽃잎** | 유진택
103 **소란이 환하다** | 유희주
104 **생리대 사회학** | 안준철
105 **동태** | 박상화
106 **새벽에 깨어** | 여국현
107 **씨앗의 노래** | 차옥혜
108 **한 잎** | 권정수
109 **촛불을 든 아들에게** | 김창규
110 **얼굴, 잘 모르겠네** | 이복자
111 **너도꽃나무** | 김미선
112 **공중에 갇히다** | 김덕근
113 **새점을 치는 저녁** | 주영국
114 **노을의 시** | 권서각
115 **가로수의 수학 시간** | 오새미
116 **염소가 아니어서 다행이야** | 성향숙
117 **마지막 버스에서** | 허윤설
118 **장생포에서** | 황주경
119 **흰 말채나무의 시간** | 최기순
120 **을의 소심함에 대한 옹호** | 김민휴
121 **격렬한 대화** | 강태승
122 **시인은 무엇으로 사는가** | 강세환
123 **연두는 모른다** | 조규남
124 **시간의 색깔은 자신이 지향하는 빛깔로 간다** | 박석준
125 **뼈의 노래** | 김기홍
126 **가끔은 길이 없어도 가야 할 때가 있다** | 정대호
127 **중심은 비어 있었다** | 조성웅
128 **꽃나무가 중얼거렸다** | 신준수
129 **헬리패드에 서서** | 김용아
130 **유랑하는 달팽이** | 이기헌
131 **수제비 먹으러 가자는 말** | 이명윤